AF592003

CANENTE,

TRAGÉDIE,

REPRÉSENTÉE,

POUR LA PREMIERE FOIS,

PAR L'ACADÉMIE-ROYALE

DE MUSIQUE,

Le Mardi, 11 Novembre, 1760.

PRIX XXX. SOLS.

AUX DÉPENS DE L'ACADÉMIE.

A PARIS, Chés DE LORMEL, Imprimeur de ladite Académie, rue du Foin, à l'Image Sainte Geneviéve.

On trouvera des Livres de Paroles à la Salle de l'Opera.

M. DCC. LX.

AVEC APPROBATION ET PRIVILEGE DU ROI.

Les Paroles sont de feu Monsieur DE LA MOTTE.

La Musique est de Monsieur DAUVERGNE, *Maître de la Musique de la Chambre du* ROI.

ACTEURS CHANTANTS
DANS LES CHŒURS.

Côté du Roi.		Côté de la Reine.	
Meſdemoiſelles.	*Meſſieurs.*	*Meſdemoiſelles.*	*Meſſieurs.*
Letourneur.	Lefevre.	D'alliere.	S. Martin.
La croix.	Le Page.		Albert.
Durand.	Durand.	Maſſont.	Jaubert.
Fontenet.	Delvaux.		L'Ecuyer.
Delor.	Scelle.	Salaville.	Tourcaty.
Roublot.	Roſe.		Chappotin.
St Aubin.	Robin.	Lachantrie.	Favier.
Héry.	Antheaume.		Feret.
	Parant.	L'étienne.	Du Perrier.
			Boy.
		Leger.	Laurent.

ACTEURS.

CIRCÉ, *Magicienne, fille du Soleil,*	Mlle. Chevalier.
LE TIBRE,	M^r^. Gélin.
PICUS, *premier Roi d'Italie,*	M^r^. Pillot.
CANENTE, *Nimphe,*	Mlle. Lemiere.
SATURNE,	M^r^. Desentis.
NÉRINE, *Confidente de* CIRCÉ,	Mlle. Rozet.
LA NUIT,	Mlle. Dubois.
L'AMOUR,	Mlle. Villette.

La Suite *de* SATURNE, *représentant les quatre* AGES.

UNE BERGERE,	Mlle. Villette.
UN FLEUVE, *de la suite du* TIBRE,	M^r^. Desentis.

DIVINITÉS *des Eaux, formant la suite du* TIBRE.

MAGICIENS, & MINISTRES *de* CIRCÉ.

ALECTON,	*Euménides,*	M^r^. Jaubert,
ERINNIS,		M^r^. Desentis.
MÉGERE,		M^r^. Muguet.

JEUX, PLAISIRS & GRACES, *formant la suite de* L'AMOUR.

PEUPLES.

PERSONNAGES DANSANTS.

ACTE PREMIER.

PREMIER DIVERTISSEMENT.

GUERRIERS, repréſentant l'âge de fer & l'âge d'airain.

Mrs. Lyonnois, Gardel.

Mrs. Lelievre, Hyacinte, Trupty, Hamoche, Leger, Rogier, l., Rogier, c., Mercier.

SECOND DIVERTISSEMENT.

BERGERS & BERGERES, repréſentant l'âge d'or & l'âge d'argent.

Mlle. Suavi.

Mlles. Dumonceau, Chefdeville.

Mrs. Béate, Grosset.

Mrs. Levoir, Cezeron, Gougy, Valentin.

Mlles. Bocard, l., Agouſſy, Buard, Ledoux.

ACTE DEUXIEME.

FLEUVES & NAÏADES.

Mr. Lyonnois. Mlle. Lyonnois.

Mlle. Carville.

Mrs. Béate, Levoir, Cezeron, Gougy, Valentin, Mercier.
Mlles. Chaumard, Demiré, Lacour, Baſſe, Saron, Julie.

ACTE TROISIEME.

PREMIER DIVERTISSEMENT.

DÉMONS.

Mr. LAVAL.

Mrs. Lelievre, Hyacinte, Trupty, Hamoche, Gardel, Groffet, Leger, Rogier, c.

SECOND DIVERTISSEMENT.

GRACES.

Mlles. RAY, BASSE, CHEFDEVILLE.

PLAISIRS.

Mrs. Lelievre, Béate, Gougy, Mercier.

Mlles. Tételingre, Bocard, l., Saron, Agouffy.

ACTE QUATRIEME.

SUITE DE LA NUIT.

Mlle. VESTRIS.

Mlles. Chaumard, Demiré, Lacour, Baffe, d'Ornet, de Ferriere,

SUITE DE CIRCÉ,

MAGICIENS, sous des formes agréables.

Mr. VESTRIS.

Mrs. Lelievre, Béate, Trupty, Leger, Gougy, Mercier.

ACTE CINQUIEME.

SUITE DE L'AMOUR.

JEUX & PLAISIRS.

Mlle. LANY.

Mr. LANY. Mlle. DUMONCEAU.

Mr. LYONNOIS. Mlle. LYONNOIS.

GRACES.

Mlles. RAY, BASSE, CHEFDEVILLE.

PLAISIRS.

Mrs. Hyacinte, Trupty, Hamoche, Groffet, Leger, Rogier, c.

Mlles. Chaumard, Demiré, Tételingre, St Félix, d'Ornet, de Ferriere.

CANENTE,

TRAGÉDIE.

ACTE PREMIER.

Le Théâtre représente le Temple de S*ATURNE*.

SCENE PREMIERE.

CIRCÉ, NÉRINE.

NÉRINE.

PICUS va vous devoir un trône glorïeux ;
Un peuple, indépendant, cèsse pour lui de l'être :
On va le proclamer à la face des Dieux,
Et c'est par vos conseils qu'on le choisit pour maître.

Circé, m'eſt-il permis de lire en votre cœur
D'où naîſſent vos ſoins pour ſa gloire?

CIRCÉ.

Tu crois que c'eſt l'effet d'une ſecrete ardeur:
Ah! Picus ſera-t-il le dernier à le croire?

NÉRINE.

Qu'entends-je! il eſt donc vrai qu'il eſt votre vainqueur?
Et vous me l'avoüés vous-même!

CIRCÉ.

Tu ſais que je l'ai vu, doutes-tu que je l'aime?

NÉRINE.

Eſt-il inſtruit de votre feu?

CIRCÉ.

C'eſt par mes ſeuls bienfaits que j'en ai fait l'aveu.

Tout devroit le forcer à me rendre les armes;
C'eſt par moi qu'il regne en ce jour.
Hélas! ſera-ce envain que j'ajoûte à mes charmes
Tant de bienfaits & tant d'amour?
Canente, je le ſais, regne ſeule en ſon âme.
Mais on vient; vois ce Prince, & conçois mon ardeur.

S'il

S'il pouvoit partager ma flâme,
Un Dieu même feroit moins digne de mon cœur.

SCENE II.

CIRCÉ, PICUS, NÉRINE, CHŒUR DES PEUPLES.

LE CHŒUR.

RÉgnés, jeune héros ; la gloire vous appelle ;
Elle a réglé notre choix :
Nous ne voulons que vos loix
Pour le prix de notre zele ;
Régnés, régnés fur nous ; la gloire vous appelle.

CIRCÉ.

C'eft ce peuple aujourd'hui qui s'aquitte envers vous ;
Cent fois fes ennemis font tombés fous vos coups :
Quand vous l'avés fauvé, fouffrés qu'il vous couronne ;
Soyés le premier de fes Rois ;
Régnés : l'empire qu'il vous donne
Seroit détruit fans vos exploits.

PICUS.

C'eſt à vous que je dois ma nouvelle puiſſance;
Le ſuffrage du peuple eſt un de vos bienfaits.
Pour premiere reconnoiſſance,
Recevés l'aveu que j'en fais.

(CIRCÉ conduit PICUS à ſon Trône; les Peuples lui rendent hommage, & le reconnoîſſent pour leur Roi.)

LE CHŒUR.

Vénérable Saturne, & vous, qu'il a fait naître,
Recevés nos ſerments, Arbîtres des humains.
Ce héros dèſormais eſt notre unique maître:
Nous remettons notre ſort en ſes mains.

PICUS.

Pere des Dieux, auteur de ma naiſſance,
Écoute; c'eſt ton fils qui t'implore à ſon tour:
Fais régner, avec moi, la paix & l'abondance;
Qu'à-jamais l'âge d'or revienne en ce ſéjour.

(Une Simphonie annonce la deſcente de SATURNE.)

CIRCÉ & PICUS.

Mais dans les airs quel nuage s'avance?
Cette clarté, ces ſons harmonïeux,
D'un Dieu propice annoncent la préſence;
Saturne nous entend, il deſcend dans ces lieux.

SATURNE, dans un nuage.

Apprends, mon fils, pour qui ta voix m'implore.
Ce Peuple doit des Dieux épuiser les bienfaits;
Sa gloire doit aller encore
Au-delà des vœux que tu fais.

Ages, qui formés mon empire,
Pour célébrer leur sort, secondés mes souhaits:
Exprimés les transports que la valeur inspire,
Et peignés les douceurs que fait naître la paix.

(SATURNE remonte aux Cieux, & les Ages forment le Ballet.)

(Entrée de GUERRIERS, représentant l'âge de fer & l'âge d'airain, & exprimant, par leur danse, différents combats.)

CHŒUR DE GUERRIERS.

Courons aux combats,
Volons à la gloire;
C'est à la victoire,
De guider nos pas.

Du Dieu de la guerre
Écoutons la voix;
Que toute la terre
Subisse nos loix.

Le Ciel nous ſeconde:
Un deſtin heureux
Promet à nos vœux
L'empire du monde.

Courons, &c.

(Les GUERRIERS *ſortent ſur ces derniers vers, comme pour marcher aux combats.)*

(Entrée de BERGERS *& de* BERGERES, *repréſentant l'âge d'or & l'âge d'argent.)*

UNE BERGERE.

Dans nos champs, d'une douce paix
Nous goûtons les charmes
Et les bienfaits.

CHŒUR DE BERGERES.

De ſes dons, nos cœurs ſatisfaits,
Vivent ſans allarmes
Et ſans regrèts.

LA BERGERE.

L'aimable aurore
De ſes pleurs
Vient de faire éclore
De nouvelles fleurs:

Tout s'engage :
L'amour,
Dans ce séjour,
Nous présage
Le plus beau jour.
Dans nos champs, d'une douce paix
Nous goûtons les charmes
Et les bienfaits.

LE CHŒUR.

De ses dons, nos cœurs satisfaits,
Vivent sans allarmes
Et sans regrèts.

SCENE III.

CIRCÉ, PICUS, NÉRINE.

CIRCÉ.

PRince, pour couronner vos vœux,
La gloire avec l'amour aujourd'hui se rassemble;
Et l'on diroit qu'ils disputent ensemble
A qui vous rendra plus heureux.

Tout fléchit ſous vos loix, tout s'empreſſe à vous plaire :
Heureuſe la beauté que votre cœur préfere !
Canente eſt cet objet charmant ?

PICUS.

Je ſentis à la voir que j'avois un cœur tendre,
J'aimai dès le même moment :
Je ne voulus point m'en défendre ;
Je l'aurois voulu vainement.

CIRCÉ.

Quoi, tant d'autres pour vous n'ont que de foibles armes ?

PICUS.

Sa voix ſeule efface leurs charmes.

Elle forme, à ſon gré, les ſons les plus touchants ;
Et l'on voit, chaque jour, à ſes aimables chants
Toute la nature attentive :
Les arbres, les rochers ſont émus à ſa voix ;
Elle arrête le cours de l'onde fugitive ;
Philomele, au milieu des bois,
Pour l'écouter, ſuſpend ſa voix plaintive :
Ses beaux yeux ſont encor plus puiſſants mille fois.

Voilà les fers charmants où mon âme eſt captive.

CIRCÉ.

Mais, comme vous, le Tibre en eſt charmé :
Craignés de faire obſtacle à l'ardeur de ſon âme.

PICUS.

Depuis qu'il a pu voir que j'en étois aimé,
Il ſemble avoir éteint ſa flâme.
Mais, pour mieux aſſûrer le bonheur de nos feux,
Je cours hâter le jour heureux
Qui doit nous unir l'un à l'autre :
Et l'Amour n'aura plus, pour combler tous mes vœux,
Qu'à vous faire un deſtin auſſi doux que le nôtre.

SCENE IV.

CIRCÉ, NÉRINE.

CIRCÉ.

TU le vois, de mes feux rien n'a pu l'informer;
Il ne s'apperçoit pas de ma langueur extrême :
Hélas, qu'il eſt loin de m'aimer !
L'ingrat ne voit pas que je l'aime.

NÉRINE.

Laiſſerés-vous ſervir tous vos bienfaits
Au trïomphe d'une rivale ?

CIRCÉ.

Non, je ſaurai briſer cette chaîne fatale
Quils oppôſent à mes ſouhaits !
Je veux à mes deſſeins que le Tibre s'uniſſe :
Il faut armer contre eux la force & l'artifice.
Venés, tranſports cruëls, implacable fureur !
C'eſt l'amour en couroux qui vous livre mon cœur.

Fn préparant une vengeance affreuſe,
Ne laiſſons voir au Roi que mes ſoins les plus doux ;
Mais perçons, en ſecret, des plus funeſtes coups
Une rivale, trop heureuſe.

Venés, tranſports cruëls, implacable fureur !
C'eſt l'amour en couroux qui vous livre mon cœur.

FIN DU PREMIER ACTE.

ACTE

ACTE SECOND.

Le Théâtre repréſente les Rivages du TIBRE.

SCENE PREMIERE.

CANENTE, *ſeule.*

COULÉS, tranquilles eaux, volés, charmants zéphirs ;
Ah ! pour vous arrêter ma voix n'a plus de charmes :
Mon cœur, depuis qu'il aime, éprouve trop d'allarmes ;
L'écho ne répond plus qu'à mes triſtes ſoûpirs.
Mon amant aujourd'hui jouït du rang ſuprême.
Je crains que la grandeur ne borne ſes deſirs :
La crainte ſuit toûjours une tendreſſe extrême.
Quand rien ne trouble mes plaiſirs,
Mon cœur ſe plaît à ſe troubler lui-même.

Coulés, tranquilles eaux, volés, charmants zéphirs;
Ah! pour vous arrêter ma voix n'a plus de charmes:
Mon cœur, depuis qu'il aime, éprouve trop d'allarmes;
L'écho ne répond plus qu'à mes tristes soûpirs.

SCENE II.

PICUS, CANENTE.

PICUS.

BElle Nimphe, j'échappe à la foule importune
Qu'attache sur mes pas ma brillante fortune.
La liberté regne en ce beau séjour;
Et nous n'avons enfin de témoin que l'Amour.

CANENTE.

Je vous revois couvert d'une immortelle gloire:
N'affoiblit-elle point l'amour dans votre cœur?

PICUS.

Jamais on n'a brûlé d'une si vive ardeur;
Il faut la sentir pour la croire.

Depuis que ſous vos douces loix
Toute mon âme eſt aſſervie,
Je ne compte plus dans ma vie
Que les moments où je vous vois.
Sans vous le jour m'eſt un ſuplice.
Loin du Temple tantôt quel ſoin vous retenoit ?

CANENTE.

Au Dieu d'Amour j'offrois un ſacrifice,
Dans le tems qu'on vous couronnoit.

Dans un cœur, que la gloire enflâme,
Il reſte peu de place à l'amoureuſe ardeur ;
Et je prïois l'Amour de défendre votre âme
Contre la gloire & la grandeur.

PICUS.

Banniſſés ces vaines allarmes ;
Je fais tout mon bonheur de ſuivre votre loi.
Mon trône perdroit tous ſes charmes,
Si vous n'y montiés avec moi.

CANENTE.

Circé, paroît ; cachons notre tendreſſe.

PICUS.

Non, ne contraignons point de ſi doux ſentiments.

SCENE III.

CIRCÉ, PICUS, CANENTE.

PICUS.

VEnés, favorable Déesse :
Prenés part aux transports de deux heureux amants;

CIRCÉ.

Aimés-vous sans mistère, aimés-vous sans allarmes;
Ne cachés plus vos tendres soins :
Un bonheur sans témoins
N'a pas ses plus doux charmes.

PICUS.

L'Himen va découvrir notre secret lien,
Je vais le préparer; je vous laisse Canente :
Aimés, Déesse, aimés cette Nimphe charmante;
Que son bonheur vous soit aussi cher que le mien!

SCENE IV.

CIRCÉ, CANENTE.

CIRCÉ.

POur flater vos desirs que reste-t-il à faire?
Les Dieux & les mortels de vos yeux sont charmés:
Tous les biens sont renfermés
Dans l'avantage de plaire.

Le Maître de ces eaux languit sous votre loi;
Vous l'enflâmés, au milieu de son onde.

CANENTE.

Si je n'enflâmois que le Roi,
Je joüirois encor d'une paix plus profonde.

CIRCÉ.

Vous trouvés un bonheur plus grand
A choisir, aujourd'hui, la chaîne la moins belle:
Mais ne craignés-vous point de regretter le rang
Où votre beauté vous appelle?

(*On entend une Simphonie agréable; un Rocher s'ouvre, dans le fond du Théâtre, & laisse voir un Palais, où paroîssent les Dieux des fleuves, des ruisseaux & des fontaines, soumis au* TIBRE.)

CIRCÉ & CANENTE.

Qu'entends-je ? quels charmants accords
De ces lieux troublent le ſilence ?
Qui pourroit attirer tant d'éclat ſur ces bords ?

CANENTE, à CIRCÉ.

Eſt-ce votre art ?

CIRCÉ, à CANENTE.

Eſt-ce votre préſence ?

SCENE V.

CIRCÉ, CANENTE, TROUPES *des* DIEUX *des fleuves, des ruiſſeaux & des fontaines, ſoûmis au* TIBRE.

UN FLEUVE, de la ſuite du TIBRE, *à* CANENTE.

VOyés de quels ſujèts vous êtes ſouveraine.
C'eſt pour voir en vous notre Reine
Que le Tibre en ces lieux vient de nous raſſembler.
Nimphe, recevés cet hommage.
Il n'eſt encor que le préſage
Des honneurs éclatants dont il veut vous combler.

CANENTE, *à* CIRCÉ.

Qu'entends-je? Que je crains! Secourés-moi, Déesse!

CIRCÉ.

Nimphe, redoutés moins l'honneur qu'on vous adresse.

On danse.

LE CHŒUR.

Vos yeux charmants peuvent tout enflâmer,
Les Amours, pour vous suivre, abandonnent Cithère;
En jouïssant de la gloire de plaire,
Belle Nimphe, éprouvés le doux plaisir d'aimer.

On danse.

UN FLEUVE, *à* CANENTE.

Les Dieux ont tout soûmis à leurs pouvoirs divers.
Ils regnent dans les cieux, sur la terre, & sur l'onde;
Leur empire s'étend jusques dans les enfers;
A leurs desirs il faut que tout réponde:
Un de ces dieux, qu'adore l'univers,
Vient, en tremblant, vous demander des fers;
Vos yeux sont plus puissants que les Maîtres du monde.

On danse.

CANENTE.

Hélas, que je souffre en ces lieux !
Que mon cœur.....

CIRCÉ.

Arrêtés ; le Dieu s'offre à vos yeux.

SCENE VI.

LE TIBRE, CIRCÉ, CANENTE.

LE TIBRE.

QUoi ! lorsque tout mon cœur à vos charmes se livre,
Rien ne vous touche, à votre tour ?
De l'hommage empressé que vous offre ma Cour,
Vous souhaités qu'on vous délivre ?

CANENTE.

Vous en étonnés-vous ? vous savés mon amour.

LE TIBRE.

Eh ! se peut-il que votre cœur balance ?
Vous connoissés mes feux & ma puissance.
La Nimphe, à qui l'Himen engagera ma foi,
Doit, par l'ordre du sort, devenir immortelle;

Venés,

Venés, montés au rang où l'amour vous appelle:
Il vous devoit un Dieu, c'étoit trop peu d'un Roi.

CANENTE.

Pour troubler une ardeur & si tendre & si pure,
Que vous sert de m'offrir un honneur odieux?
Dois-je monter au rang des Dieux,
Par l'inconstance & le parjure?

LE TIBRE.

Ce n'est pas l'infidélité,
C'est moi que votre cœur abhorre.

CANENTE.

Non, je sais trop qu'un Dieu doit être respecté.

LE TIBRE.

Ah! le respect outrage un Dieu qui vous adore.
Avec le plus haut rang vous refusés ma main;
Je connois à quel point ma tendresse vous gêne:
Et c'est sur les faveurs que je vous offre envain,
Que je mesure votre haîne.

CANENTE.

Lorsqu'un cœur est bien enflâmé,
A trahir un beau feu rien ne peut le contraindre.
L'ambitïon ne l'a point allumé;
La grandeur ne sauroit l'éteindre.

LE TIBRE.

Que vous m'apprenés bien, par ces cruëls discours,
Le destin d'une ardeur qui vous est odieuse!
Vous êtes trop ingénïeuse
A trouver des raisons pour me haïr toûjours.
Mais craignés que mon cœur ne se livre à la rage;
Craignés le dèsespoir d'un amant furieux!
Plûtôt que de souffrir un himen, qui m'outrage,
Je désolerai tous ces lieux:
Tout s'y ressentira de ma fureur extrême;
En d'horribles torents j'y répandrai mes eaux:
Et si l'Himen, pour vous, allume ses flambeaux,
J'irai les étein lre moi-même.
Pour porter jusqu à vous d'affreux débordements,
J'épuiserai mes cavernes profondes;
Et j'engloûtirai dans mes ondes
La victime, l'autel, le prêtre & les amants!

CANENTE.

Quai-je entendu! quelle rage fatale!
(*à* CIRCÉ.)
Déesse, à ses transports daignés vous oppôser.

CIRCÉ.

Connois enfin mon cœur; c'est assés t'abuser:
Cèsse d'implorer ta rivale.

CANENTE.

O ciel ! c'eſt donc à toi de me favoriſer.

CIRCÉ.

Tremble! crains tout des feux que je viens de t'apprendre.
Tout mon bonheur dépend de t'arracher au Roi.
Ce que j'ai fait pour lui, doit te faire comprendre
Ce que je ferai contre toi.
Il faut répondre à mon envie.

LE TIBRE.

Il faut combler mes vœux.

CIRCÉ.

Ou craindre ma furie.

LE TIBRE.

Devenir immortelle.

CIRCÉ.

Ou renoncer au jour.

CANENTE.

Vous pouvés m'arracher la vie,
Mais rien ne peut m'arracher mon amour.

CIRCÉ.

Ah, c'en eſt trop ! Démons, ſoûmis à mon empire,
Enlevés-la d'ici ; volés dans mon Palais.

(Les Démons enlevent CANENTE. *)*

CIRCÉ, au TIBRE.

Je vous l'ai déjà dit, & je vous le promèts,
Je vais, par tout mon art, tâcher de la réduire
A profiter de vos bienfaits.

LE TIBRE & CIRCÉ.

Oppôſons, oppôſons la colere à l'outrage ;
Il faut que l'amour ſoit vengé.
C'eſt au dépit, c'eſt à la rage
A venger l'amour outragé !

FIN DU SECOND ACTE.

ACTE TROISIEME.

Le Théâtre repréſente le Palais de CIRCÉ.

SCENE PREMIERE.

CIRCÉ, NÉRINE.

NÉRINE.

PICUS eſt accâblé d'une douleur extrême,
Il cherche Canente en tous lieux;
Il ſoûpire, il gémit, il accuſe les Dieux
De lui ravir tout ce qu'il aime.

CIRCÉ.

Fais-lui ſavoir que la Nimphe eſt ici,
Et qu'elle doit s'unir au Tibre, qui l'adore;
Va, Nérine: mais qu'il ignore
Que c'eſt de mon aveu qu'il en eſt éclairci.
Ma rivale paroît; qu'on me laiſſe avec elle.

SCENE II.

CIRCÉ, CANENTE.

CIRCÉ.

ENfin, Nimphe, avés-vous compris
Ce que c'eſt que d'être immortelle?

CANENTE.

D'un bien ſi glorïeux je connois tout le prix;
Mais j'aime mieux être fidele.

CIRCÉ.

Quoi! pour le vain honneur de la fidélité,
Vous mépriſés des Dieux l'avantage ſuprême?

CANENTE.

Eſt-il un plus grand mal que l'immortalité,
Quand on vit loin de ce qu'on aime!
Par des lïens trop forts mon cœur eſt arrêté.

CIRCÉ.

Pouvés-vous ne pas voir les charmes
Des honneurs que vous refuſés?
Et pouvés-vous voir, ſans allarmes,
Les maux où vous vous expôſés?
Vous vous troublés; vous répandés des larmes.

CANENTE.

Je ne m'en défends point : vous voyés la frayeur
Dont mon âme est atteinte;
Mais c'est sans y régner, qu'elle trouble mon cœur;
Et mon amour est plus fort que ma crainte.

CIRCÉ.

Eh bien, il faudra me venger,
Puisque vous voulés m'y réduire.
Le Destin de Scilla doit assés vous instruire
Des maux que je prépare à qui m'ôse outrager.
Craignés, craignés une égale vengeance!

CANENTE.

S'il faut briser mes fers, je ne puis l'éviter.

CIRCÉ.

Je vais, pour vos tourments, épuiser ma puissance.

CANENTE.

J'aime mieux les souffrir, que de les mériter.

CIRCÉ.

Ministres de mon art, vous, que la rage anime,
Qui semés, à mon gré, l'épouvente & l'horreur,
Venés, rassemblés-vous; voilà votre victime:
Inventés des tourments dignes de ma fureur.

(*Les Démons & les Ministres de* CIRCÉ *accourent à sa voix, & le Théâtre s'obscurcit.*)

Employés le fer & la flâme,
Faites de ce Palais un horrible séjour;
Que l'effroi, que l'horreur s'empare de son âme;
N'y laissés point de place pour l'Amour!

CHŒUR de DÉMONS & de MINISTRES de CIRCÉ.

Employons le fer & la flâme,
Fesons de ce Palais un horrible séjour;
Que l'effroi; que l'horreur s'empare de son âme;
N'y laissons point de place pour l'Amour!

CIRCÉ.

Je vous laisse le soin de vaincre sa constance:
Je vais chercher le Dieu qui s'obstine à l'aimer;
Et je reviens consommer ma vengeance,
Si son cœur, plus soûmis, n'aime mieux la calmer.

(*CIRCÉ sort.*)

SCENE

SCENE III.

CANENTE, DÉMONS, & MINISTRES de CIRCÉ *qui viennent hâter ſa vengeance, & effrayer* CANENTE.

CANENTE.

OÙ ſuis-je ? hélas ! qui prendra ma défenſe ?

(*Entrée de* DÉMONS.)

LE CHŒUR.

Tremble ! c'eſt l'amour jaloux
Qui te pourſuit, & ſe venge ;
Tremble ! ſi ton cœur ne change,
Une rivale en couroux
Va te faire éprouver les plus funeſtes coups.
Tremble ! c'eſt l'amour jaloux
Qui te pourſuit, & ſe venge.

CANENTE.

Qui peut me délivrer des horreurs que je ſens ?
Dieux ! prêtés à ma voix des charmes plus touchants.

E

(*aux* DÉMONS.)

Calmés de vos fureurs l'affreuse violence ;
Cédés, cédés, cruëls, à mes tristes accents :
Laissés toucher vos cœurs, laissés charmer vos sens ;
Que la pitié dèsarme la vengeance !

LE *CHŒUR.*

Non, tes efforts sont impuissants ;
N'attends de nous que fureur, que vengeance.

CANENTE.

J'ai vu souvent, aux accords de ma voix,
Toute la nature sensible.
Quoi ! votre cœur est-il plus infléxible
Que les rochers, que les monstres des bois ?

LE *CHŒUR.*

De ses divins accords, Dieux, quelle est la puissance !
Nous cédons, nous cédons à ses tendres accents :
La pitié, malgré nous, s'empare de nos sens,
Et dans nos cœurs dèsarme la vengeance.

Calmés de vos fureurs l'affreuse violence ;
Cédés, cédés, cruëls, à mes tristes accents :
Laissés toucher vos cœurs, laissés charmer vos sens ;
Que la pitié dèsarme la vengeance !

SCENE IV.

(Le Théâtre s'éclaire, une Troupe D'AMOURS, *placés ſur des nuages, deſcend dans le fond du Théâtre, & en même tems d'autres* AMOURS *&* PLAISIRS *deſcendent, en le traverſant.)*

CHŒUR des AMOURS, *des* PLAISIRS, *& des* GRACES.

VOyés de ce ſéjour diſſiper les horreurs :
Le charme de vos chants près de vous nous attire ;
De votre art enchanteur tout reconnoît l'empire :
Puiſſe-t-il de Circé vaincre auſſi les rigueurs !

On danſe.

CANENTE.

Dieux favorables, que j'implore,
Veillés ſur moi, tendres Amours !
Pour moi, pour l'amant que j'adore,
J'attends tout de votre ſecours.

Dieux favorables, que j'implore,
Daignés nous protéger toûjours.

CHŒUR des AMOURS *& des* MINISTRES *de* CIRCÉ.

Ne redoutés plus leur } vengeance;
Ne craignés plus notre }
Vous trïomphés de leurs } fureurs.
Vous trïomphés de nos }
La beauté, les talents, unis à la constance,
Doivent soûmettre tous les cœurs.

(*Un Prélude annonce le retour de* CIRCÉ *: les* PLAISIRS *& les* AMOURS *se retirent.*)

SCENE V.

CIRCÉ, LE TIBRE, CANENTE, NÉRINE, MINISTRES DE CIRCÉ.

CIRCÉ, *au* TIBRE.

VEnés, je l'ai prévu, tout est ici tranquille;
La Nimphe se rend à nos vœux:
Vous ne brûlerés plus d'une ardeur inutile,
Mes soins ont réussi; vous allés être heureux.

CANENTE.

Non, ce n'eſt point en éteignant ma flâme
Que j'ai déſarmé leurs fureurs :
L'effroi n'a point changé mon âme,
Mais la pitié vient de changer leurs cœurs.

CIRCÉ.

Qu'entends-je ? Miniſtres perfides !
Elle a pu vous toucher, pour la premiere fois ?
Eh bien, lâches ! il faut, pour accomplir mes loix,
Vous donner des cœurs moins timides.

(*Elle les touche de ſa baguette.*)

Devenés, à l'inſtant, des monſtres furïeux ;
Dévorés, malgré vous, ma rivale à mes yeux !

(*Les Miniſtres de* CIRCÉ *ſont changés en* MONSTRES, *& s'avancent pour dévorer* CANENTE.)

LE TIBRE, *en s'oppôſant aux* MONSTRES.

Arrêtés ! ma flâme eſt trop vive :
Je ſens que juſques-là je ne puis la trahir.
Mon cœur demande qu'elle vive,
Quand ce ſeroit pour me haïr.

CIRCÉ.

Non, ma fureur ne vous peut obéir.

LE TIBRE.

Si vous attentés ſur ſa vie,
Tremblés! les jours du Roi me répondront des ſiens.

CANENTE.

Ah, ne vous vengés pas par cette barbarie!

CIRCÉ.

Monſtres, calmés votre furie!
On menace le Roi, ſes périls ſont les miens.

(Les MONSTRES ſortent du Théâtre.)

CIRCÉ, LE TIBRE & CANENTE.

Quelle horreur, quel ſuplice extrême,
Que de craindre pour ce qu'on aime!

CIRCÉ, *au* TIBRE.

Je ne la retiens plus, je la laiſſe avec vous;
Eſſayés ſi l'amour pourra plus que la crainte.

(Le TIBRE & CANENTE ſortent.)

CIRCÉ, *à* NÉRINE.

Prête à porter les plus funeſtes coups,
Je vais tenter encor l'artifice & la feinte:
Tu ſauras bien-tôt mes projèts.
Nérine, fais venir le Prince en ce Palais.

FIN DU TROISIEME ACTE.

ACTE QUATRIEME.

Le Théâtre représente les jardins de CIRCÉ.

SCENE PREMIERE.

CIRCÉ, PICUS.

PICUS.

Ciel ! que me dites-vous ? la croirai-je infidele ?
Aux dépens de mes jours, veut elle être immortelle ?
Croirai-je que l'ingrate, au mépris de sa foi,
Gardoit ce prix à ma constance ?
Et se peut-il que contre moi
Elle implore votre puissance ?

CIRCÉ.

Vous doutés que la gloire ait pu la dégager,
Et je m'en étonne moi-même :

Je conçois trop comme on vous aime;
Mais je ne conçois pas comment on peut changer.

PICUS.

Ah! laiſſés-moi la voir; cédés à mes allarmes!
Laiſſés-moi lui montrer un dépit éclatant:
Qu'au-moins mon déſeſpoir, mes reproches, mes larmes
Troublent le bonheur qu'elle attend.

CIRCÉ.

Dois-je trahir ſon eſpérance?
Elle fuit, en ces lieux, votre juſte douleur.

PICUS.

Pourriés-vous à mes vœux refuſer ſa préſence?
Aidés-vous la perfide à me percer le cœur?

CIRCÉ.

Ceſſés d'aimer une inhumaine;
Le dépit doit vous dégager.
Dans le plaiſir d'une nouvelle chaîne
Vous trouverés celui de vous venger.

PICUS.

Dieux, quelle trahiſon! quoi! Nimphe trop cruëlle,
Mon rival vous rend infidele?

Quoi!

Quoi ! vous ſacrifïés mes feux à ſes amours ?
Il vous eſt doux d'être immortelle,
Pour l'adorer ſans-cèſſe, & me haïr toûjours ?
Ah, c'en eſt trop ! mon cœur au dèſeſpoir ſe livre :
Cherchons un ſort plus doux dans l'éternel oubli.
Cruëlle ! ç'en eſt fait, je vais ceſſer de vivre ;
Votre bonheur eſt accompli !

(Il tombe, accâblé de douleur ; & CIRCÉ le touche de ſa baguette, pour l'enchanter.)

CIRCÉ.

Profitons du moment où ſa douleur l'accâble,
Effaçons de ſon cœur ſes premieres amours :
Et pour forcer l'ingrat à me trouver aimable,
Employons de mon art les plus puiſſants ſecours.

Sombre Déeſſe du ſilence,
O Nuit ! viens trïompher de la clarté du jour :
Aux charmes de mon art viens unir ta puiſſance ;
Et forçons, s'il ſe peut, l'Amour
A nous prêter ſon aſſiſtance.

Sombre Déeſſe du ſilence,
O Nuit ! viens trïompher de la clarté du jour.

SCENE II.

(Le Théâtre s'obscurcit, la NUIT *descend, accompagnée de sa Suite.)*

LA NUIT, CIRCÉ, PICUS, *Suite de la* NUIT, *MAGICIENS, évoqués par* CIRCÉ.

LA NUIT.

TA voix, du haut des cieux me contraint à descendre;
De mes voiles épais j'environne ces lieux :
Nos efforts réunis peuvent tout entreprendre,
Et soûmettre à nos loix le plus puissant des Dieux.

(ENTRÉE de la Suite de la NUIT.)

CIRCÉ.

Esprits, soûmis à mon empire,
Faites briller ici vos magiques clartés :
Venés verser sur lui des parfums enchantés,
Et porter dans son cœur tout l'amour qu'il m'inspire.

(Le Théâtre s'éclaire; les MAGICIENS, sous des formes agréables, se joignent à la Suite de la NUIT, dansent autour de PICUS, & répandent sur lui des fleurs.)

CIRCÉ & LA NUIT.

Amour, c'eſt trop troubler { mon / ſon } âme;
Viens réparer les maux que tu { me / lui } fais.
Éteins les feux, briſe les traits
Qu'on oppôſe à { ma / ſa } flâme.

CIRCÉ, LA NUIT & LE CHŒUR.

Deſcendés, Dieu charmant! répondés à nos voix;
Lancés vos traits, & ſecondés nos charmes;
Employés, avec nous, vos plus puiſſantes armes,
Soûmettés ce héros à de nouvelles loix.

On danſe.

LA NUIT, CIRCÉ & LE CHŒUR.

Deſcendés, Dieu charmant! &c.

L'AMOUR, paroîſſant dans les airs.

Prétends-tu me ſoûmettre à tes commandements?
Cèſſe de combattre leurs flâmes,
Le trait, dont j'ai bleſſé leurs âmes,
Ne peut être brîſé par tes enchantements.

Envain tu voudrois l'entreprendre;
De tes efforts je ſaurai les défendre:
L'Amour doit protége ger les fideles amants.

(*L'AMOUR diſparoît.*)

CIRCÉ.

Ah! ſi pour mon bonheur je manque de puiſſance,
Je n'en manquerai pas du-moins pour ma vengeance.

(*à la NUIT.*)

Laiſſés-moi; je me livre à mes emportements.

(*La NUIT ſort, avec ſa Suite.*)

Feignons; laiſſons-lui voir de plus doux ſentiments.

(*Elle touche PICUS de ſa baguette.*)

SCENE III.

CIRCÉ, PICUS.

PICUS.

Je vis encor ! le ciel me condamne à la vie !
Je reprends à la fois mes ſens & ma langueur ;
J'adore encor Canente, après ſa perfidie ;
L'Amour ſe plaît, pour elle, à déchirer mon cœur !

CIRCÉ.

Il faut vous détromper ; votre Nimphe eſt fidele.

PICUS.

Vous l'accuſiés d'une perfide ardeur !

CIRCÉ.

Je vous aime, & l'Amour m'avoit armé contre elle ;
Mais je céde à vos feux ; il faut vous raſſûrer :
L'Amour a fait le crime ; il va le réparer.

PICUS.

Ah, rendés-moi Canente ! & cet effort ſuprême.....

CIRCÉ.

Je ferai plus ; je veux vous unir, dès ce jour ;
Connoiſſés tout mon cœur : je ſens que je vous aime
Juſqu'à pouvoir pour vous immoler mon amour.

PICUS.

Après tant d'artifice, ô dieux ! vous puis-je croire ?

CIRCÉ.

Croyés-moi ; j'en atteſte & l'amour & la gloire.
Allés à votre Nimphe annoncer ce bonheur.

(*à part.*) (*Il ſort.*)

Qu'ils ſavent peu l'himen qu'apprête ma fureur !

FIN DU QUATRIEME ACTE.

ACTE CINQUIEME.

Le Théâtre repréſente de même les Jardins de CIRCÉ.

SCENE PREMIERE.

CIRCÉ, *ſeule.*

J'AI pris ſoin d'écarter le Tibre de ces lieux ;
Il eût de mon dépit contraint la violence :
Son cœur ignore encor que la vengeance
Eſt le plus doux plaiſir des Dieux.
Rien ne ſuſpendra plus le couroux qui m'anime :
Je vais remplir ces lieux dépouvente & d'horreur ;
Et je n'attends que ma victime
Pour me livrer à toute ma fureur.

SCENE II.

CIRCÉ, NÉRINE.

CIRCÉ.

AS-tu vu ces amants ? leur as-tu fait entendre
Que j'aſſemblois ici l'Himen & les Plaiſirs ?
Qu'enfin tout s'y prépare à combler leurs deſirs ?

NÉRINE.

Par votre ordre, en ces lieux ils vont bien-tôt ſe rendre.

CIRCÉ.

Je les attends.

NÉRINE.

Eh que prétendés-vous ?
Pourrés-vous étouffer tous vos tranſports jaloux ?
Vous,que j'ai vu livrée aux fureurs les plus grandes,
Verrés-vous ſans dépit leur trïomphe éclatant ?

CIRCÉ.

Tu me connois, Nérine, & tu me le demandes!
Frémis plûtôt du ſort qui les attend.

Ce

Ce que l'enfer & la haîne barbare
Pourront imaginer de plus cruëls tourments,
Voilà l'himen que ma fureur prépare
A ces trop coupables amants.

Laisse-moi seule ; il faut que l'enfer s'intéresse
A seconder le couroux qui me prèsse.
Par les plus noirs enchantements,
Je vais tout ordonner pour cet himen funeste ;
Et les apprèts de leurs tourments
Sont le seul plaisir qui me reste.

SCENE III.

CIRCÉ, seule.

VOus, dont le seul aspect inspire la terreur,
Euménides ! quittés le ténébreux rivage ;
Venés à mes transports unir votre fureur,
J'implore toute votre rage !

Allumés vos flambeaux, irrités vos serpents ;
Que le fer, que le feu, que la Parque cruëlle
Égale vos fureurs à celles que je sens :
L'amour, au dèsespoir, par ma voix vous appelle.

(*Les* EUMÉNIDES *sortent des Enfers.*)

LES *EUMÉNIDES.*

Ordonne, nous t'obéiſſons.
Des plus grands criminels nous ſuſpendons les peines;
Conſole-nous, par des loix inhumaines,
Du repos que nous leur laiſſons.

CIRCÉ.

Vos fureurs ne ſeront pas vaines.

Pour punir deux amants, je leur laiſſe eſpérer
Que leurs flâmes vont être heureuſes;
Ils penſent voir l'Himen prêt à les éclairer,
Mais je ne veux que vous pour ces nôces affreuſes;
C'eſt à vous de les célébrer.

LES *EUMÉNIDES.*

Quel plaiſir de ſervir le couroux qui t'entraîne!

CIRCÉ.

Venés unir ces amants malheureux,
Sous les auſpices de la haîne:
Que vos flambeaux forment leurs feux,
Que vos ſerpents forment leur chaîne!

LES EUMÉNIDES.

Que nos flambeaux forment leurs feux,
Que nos serpents forment leur chaîne !

CIRCÉ.

Que ces transports à mes yeux sont charmants !
Mais à tout préparer employons les moments.
Pour les tromper, que ce lieu s'embellisse.
Vous, paroissés ces Dieux qu'atendent leurs desirs;
Et, sous la forme des plaisirs,
Préparés-leur le plus affreux supplice.

(Les EUMÉNIDES rentrent, le Théâtre change, & représente le Temple de l'Himen ; les FURIES, sous la forme de l'Amour & de l'Himen, paroîssent dans le fond, élevées sur une estrade, devant laquelle est un autel.)

CIRCÉ.

Ma rage enfin va montrer, dans ce jour,
Ce que c'est que Circé, jusqu'où va sa puissance :
Et la douceur de la vengeance
Me fait presque oublïer les rigueurs de l'Amour.

J'apperçois ces amants ; le peuple ici s'avance :
Faites de vos concerts retentir ce séjour.

SCENE DERNIERE.

CIRCÉ, PICUS, CANENTE,

FURIES, *sous la forme de l'AMOUR & de l'HIMEN*,

CHŒUR DES PEUPLES.

LE CHŒUR.

VEnés former la chaîne la plus belle,
Jouissés d'un bonheur constant;
L'Amour vous appelle,
L'Himen vous attend.

CIRCÉ.

Venés, qu'un nœud charmant vous joigne l'un à l'autre:
Le Tibre, comme moi, fait son bonheur du vôtre.
Quand nous triomphons de nos feux,
Le prix de notre effort est de vous voir heureux.

PICUS.

Cet effort généreux pâsse notre espérance;
A de nouveaux respects il doit nous engager:
Notre cœur va se partager
Entre l'amour, & la reconnoissance.

CIRCÉ.

Ne tardons plus, hâtons l'heureux inſtant
Qui doit former une chaîne ſi belle.
L'Amour vous appelle,
L'Himen vous attend.

LE CHŒUR.

L'Amour vous appelle,
L'Himen vous attend.

(Pendant le Chœur, CIRCÉ conduit PICUS & CANENTE à l'autel.)

PICUS & CANENTE.

Viens couronner nos feux, toi, qui formas nos âmes,
Amour ! reçois nos vœux & nos ſerments ;
Fais que l'Himen, par ſes liens charmants,
Ajoûte encor, s'il ſe peut, à tes flâmes !

(Les FURIES ſous la forme de l'HIMEN & de l'AMOUR ſecouent leurs flambeaux, le Théâtre s'obſcurcit, il tombe une pluie de feu, la Simphonie exprime un bruit ſouterrein.)

PICUS & CANENTE.

Quelle horrible vapeur empoiſonne ces lieux ?
Ah, perfide Circé !

CHŒUR des PEUPLES.

Secourés-nous, grands Dieux !

CIRCÉ, aux EUMÉNIDES.

Il eſt tems de ſervir ma rage,
Hâtés-vous ; vengés mon outrage !

PICUS, CANENTE, CHŒUR des PEUPLES.

Quels abîmes ouverts ! quel déluge de feux !
Secourés-nous, grands Dieux !

CIRCÉ, aux EUMÉNIDES.

Hâtés-vous ; vengés mon outrage:
Frappés !

(Dans le moment que les EUMÉNIDES *s'avancent pour frapper* PICUS *&* CANENTE*, on entend un coup de Tonnerre, l'*AMOUR *paroît dans les airs, les* FURIES *s'abîment ſous le Théâtre, le Temple diſparoît & fait place à un Palais brillant.)*

L'AMOUR.

Diſparoiſſés, rentrés dans les Enfers,
Monſtres affreux, qu'avoit armés la haîne.
(*à* CIRCÉ.)
Contre les amants que je ſers,
Vois combien ta fureur eſt vaine.

(*L'*AMOUR *acheve de deſcendre.*)

CIRCÉ.

Je céde, Dieu cruël ! tu l'emportes ſur moi.
Je dois fuir, à-jamais, ta fatale préſence :
Je déteſte les cœurs qui vivent ſous ta loi ;
Et je n'emploîrai plus mon art & ma puiſſance
Qu'à les punir, & me venger de toi !

(*Elle ſort.*)

L'AMOUR, *à* PICUS *& à* CANENTE.

Jouïſſés d'un bonheur durable ;
Rien ne troublera plus vos feux.
Vous, qui formés ma Cour, Plaiſirs, Grâces & Jeux
Accourés, volés, troupe aimable ;
Célébrés les tranſports de ces amants heureux.

(*Entrée des* PLAISIRS, *des* GRACES *& des* AMOURS.)

LE CHŒUR.

L'Amour ſur les enfers remporte la victoire ;
Tout céde à ſon pouvoir ; tout reconnoît ſes loix.
Chantons, célébrons à la fois
Ses bienfaits & ſa gloire :
Que nos concerts harmonïeux
S'élévent juſqu'aux Cieux.

(*La Suite de l'*AMOUR *éxécute le Ballet qui termine le Spectacle.*)

FIN.

APPROBATION.

J'Ai lu, par ordre de Monſeigneur le Chancelier, CANENTE, *Tragédie*, nouvellement remiſe en Muſique. Je n'y ai rien trouvé qui ne doive en favoriſer la réimpreſſion. A Paris, ce 12 Octobre 1760.

DE MONCRIF.

www.ingramcontent.com/pod-product-compliance
Ingram Content Group UK Ltd.
Pitfield, Milton Keynes, MK11 3LW, UK
UKHW021502260726
13993UKWH00004B/1528